詩の故郷《ふるさと》吉備スケッチ帳

柏原康弘

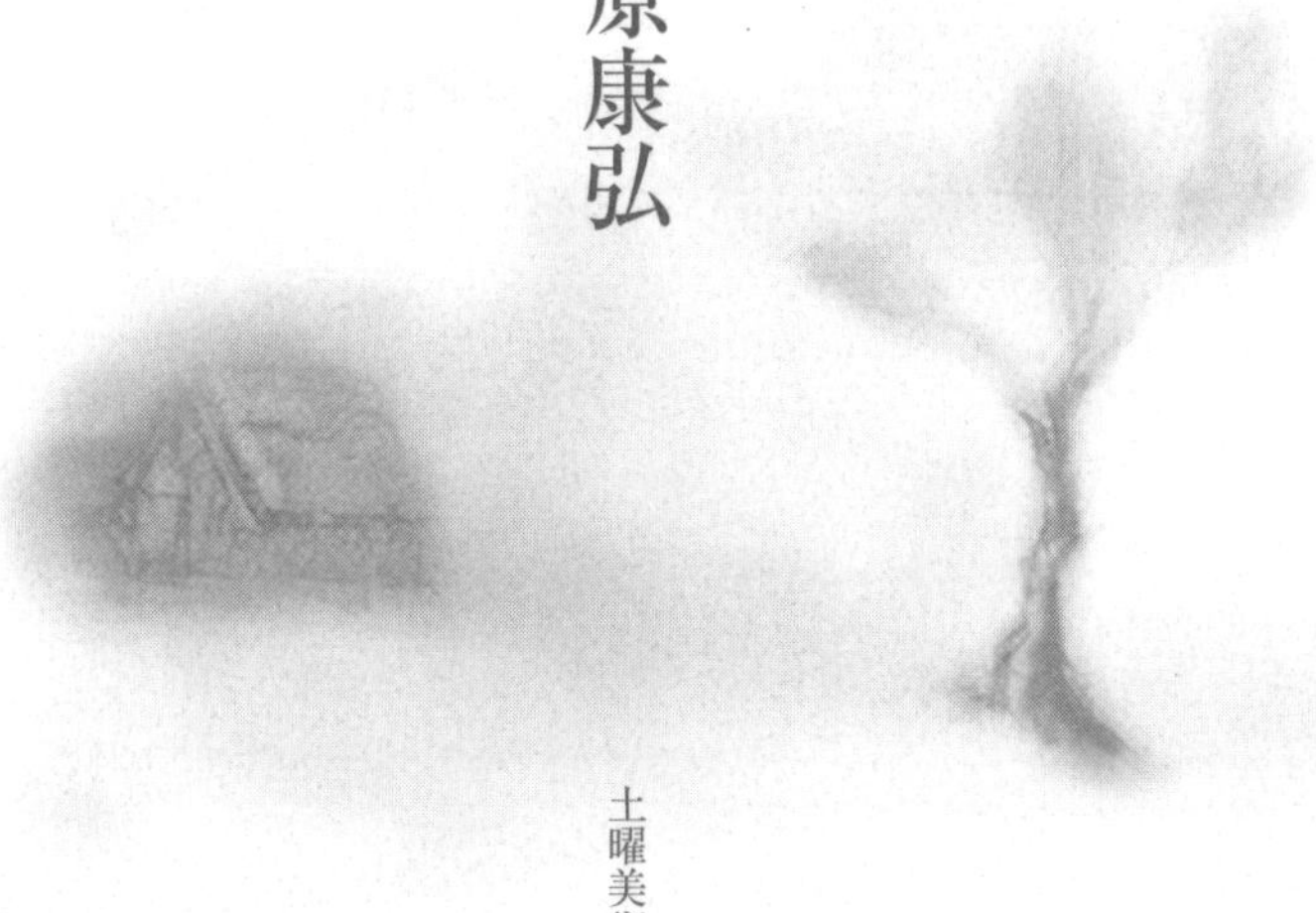

土曜美術社出版販売

詩の故郷《ふるさと》吉備スケッチ帳＊目次

Ⅰ　牛窓

Ⅱ　備中高梁

Ⅲ　中州の里

カバー・扉画／宇都宮知憲

詩の故郷《ふるさと》吉備スケッチ帳

Ⅰ　牛窓

牛窓（岡山県瀬戸内市）は瀬戸内海に面し、古い港まちです。江戸時代には岡山藩の外港で、大型帆船の千石船や参勤交代の大名船、朝鮮使節の船団などが寄港しました。

夕陽の中の牛窓

夕陽が牛窓の港を照らし出す
明るく静かな海に
瀬戸内海の島々や石組みの防波堤が
黒く浮かぶ
海に沿った街では
古い寺や家の屋根だけが明るく
細い街路はもう
灰色の中に沈んでいる

船だまりの岸壁で波が音を立て
漁師が一人　網を手入れしている

暗い格子戸の家の前では年老いた女二人が
何やら話し合っている
赤い光と長い影の中で
景色は止まっているように
思い出のひとこまのように見える

千年前がきのうのよう
千年先が明日のよう

遠い日にはこの海で
中国へ行く遣唐使の船が潮待ちをした
朝鮮使節の船団が海面を埋め
九州や大阪の商船が
木材や酒をいっぱい積んで出入りした
東アジアへ戦いに行く兵士たちを送り

ラッパの音が高く響いたこともあった

今は港を
疲れた夕陽が照らし出す
岸壁で漁師は
黙々と網を手入れし
年老いた女たちは
時を忘れて話している
街全体はいつの間にか
灰色の中に沈みかけている

千年前がきのうのよう
千年先が明日のよう

牛窓の狭い路地で

何気ない言葉が聞こえる
「今日もいい日ね」
「元気そうね」
それはゆったりと響くよ
家々に挟まれた狭い路地に
苔むした瓦屋根に
老女の笑顔がこぼれるよ
深い格子窓の奥から

彼女はそこで待っていた
近所の友達が家の前を通り

顔を合わせるひと時を
朝からずっと

その言葉は軽やかで
あたたかく
路地に差し込むひと筋の光
孤独の底まで照らし出す

どんなに世界が広くても
それは最も優しい響きに聞こえる
それは最も優しい時に思える

老女たちの会話がこぼれる
「今日もいい日ね」
「息子から便りでもありそうな日ね」

笑顔が弾けるよ
狭い路地に
古い街に

牛窓のこころ

牛窓の古い港に
波音は繰り返し
カモメの舞いは
瀬戸の海に　そして空に

あたりに漂うものは
はるかな古代の渡来者たちの心
その昔　にほん列島に「くに」が生まれたころ
波荒い外海《そとうみ》を越えてやってきた
遠い故郷に妻も子も残して

大陸の鉄器や文字　思想を伝え
海の見える丘に墓を築いて眠り
二度と故郷に戻らなかった

牛窓の古い港に
波音は繰り返し
カモメの舞いは
瀬戸の海に　そして空に

あたりに漂うのは
はるかな祖父の祖父の祖父たちの心
新しい大地へのあふれる喜びと
癒しがたい哀愁
そしてその目は
世界をありのままに見ていた

カモメよ
その心を知れ
大空で
その思いを叫べ
われら子孫が耳を傾け
未来の進路を誤らないために

瀬戸の海賊の霊たち

波静かな　夜の瀬戸の入江
荒くれ男の霊たちは
磯に集う
我らは昔
瀬戸の島々と入江を支配し
やってくる交易船を脅して
取れるだけの通行料を巻き上げた

ある時は遠く船を漕ぎ出し
朝鮮や中国　琉球の港を襲い
異国の船乗りを次々に刀で切りつけ

海を血で染め
たくさんの金銀　財宝を手に入れた

磯を照らすおぼろ月
寄せては返す波の音

しかしもう　神の罰はあるまい
殺した人の霊たちも　我らをとがめはしない
許せや
人生を愛しただけだ

波静かな　夜の瀬戸の入江
そこでは太平洋を荒らした台風もおとなしくなり
海賊の男たちも
穏やかな父に戻ったものだ

息子に自慢話を何度も話し
手に入れた宝で妻と娘を飾った

その頃と同じように　海の上で
月は明るく笑っている
波はひたひたと琴を奏でている

荒くれ男の霊たちは
磯に集う
明りの点る港を見守りながら

牛窓の古墳で

牛窓の小高い丘に
瀬戸の波音を聞きながら
昔の王たちが眠る
ひょうたん形の大きな盛り土が
遠い日々を思い出させる

その時も海は穏やかにうねっていた
小豆島や四国の山が沖に霞み
カモメは明るい光を浴びて
波の上を軽やかに舞っていた

舟人の掛け声に合わせ
櫂《かい》の船はゆったりと滑り
吉備や大和　新羅《しらぎ》などの国々を結んで
たくさんの人と物を運んだ

王たちは波静かな入江を見つけて
神々に感謝した
うしまど　そこは
幾つもの島に守られ
初夏には卯《う》の花が咲き乱れた
干潟ではのどかにクイナが遊んだ

やがて防波堤が築かれ
灯台が置かれた
浜辺では船大工が何百人も

腕を競い合った

いま　海上には
ヨットや釣り船が散らばるように浮かぶ
目を閉じると時間を超えて
波のように押し寄せてくる
遠い日の人々の思い
王たちの息づかいが残っているかのように
心に響きわたる

牛窓の朝

夜の海が割れて
太陽が生まれ
赤や銀の羽の蝶が
おびただしく空に飛び立つ

とろける光の泉が
水平線からあふれてくる
ゆったりと揺れる波や
島々
小船の群れが
金になる

輝く水の上を
遠くまで歩いて行けそう
手でいっぱい
望みをすくえそう

丘のオリーブの葉一枚一枚に
銀がしたたり
やがて牛窓の港全体を
包み込んでいく

小さな島の百年戦争

岬の上のキャベツ畑
海の音を子守歌に
緑の大きな玉が
元気良く育っている

夕暮れ時
くねった小道の石垣をつたい
黒い影が二つ　三つ
音も立てずに忍び寄る

おいしそうな葉っぱを選び

バリバリと
片っ端から歯を立てる
真ん丸まなこのタヌキたち！

それを見付けた農民は
顔を真っ赤に
鍬を振り上げ追い立てる
「また来たか　皆殺しにしてやる！」

大小の影は追い　追われ
岬の小道や茂みを越え
森の中に消えていく
「皆殺しにしてやる…」

西の水平線から太陽が

心配そうにのぞき込み
海はザワザワと苦笑い
「今日もどうにか平和でした」と

牛窓のカボチャ畑

丘のカボチャ畑
太陽のしるがキラキラと
花々にしたたり
葉の陰に
旅の風が憩っている

柔らかな土に
実が寝そべり
麦わら帽子の人が
汗をふきふき笑うよ

かたわらに青い海と
島々が
はるかな空に向かって盛り上がり
ヨットの白い帆に
白い雲に
濃い緑のつるが手を伸ばすよ

憧れに
届きそうな気がする

Ⅱ　備中高梁

高梁（岡山県高梁市）は高梁川沿いの小さな城下町です。備中松山城や古い町並みが残り、伝統が息づいています。東西には吉備高原が広がって、四季の自然に彩られます。

山桜

山煙る
薄桃色に
どこまでも
　ゴトゴトと
列車は進む

川煙る
薄桃色に
ぼんやりと
　谷を分け
列車は進む

ここそこに
黄緑や茶に
萌える若葉
　遠く近く
ウグイスの声

山の中に
煙る街並み
古い城
　気がつけば
備中高梁

山煙る
薄桃色に

街の四方《よも》
懐かしい
人の声する

吉備高原の梅雨入り

どんどんどん
響く太鼓
どんどんどん
近づいてくる

真っ黒の天幕に
幾筋も
刃の光
白髪をふり乱し
大地を切り裂き
踊る神々

＊

どんどんどん
どんどんどん

優雅に舞う
福の神
酒の神も

吉備高原

岩肌から
噴き上がる水
うなる水門
真っ赤な眼光の
巨大な蛇が暴れだし

別の神が
降り立って挑みかかる

どんどんどん
どんどんどん

跳ねるアユ
茂る森
泥田には
伸びる稲苗
笑い声
どっさり米が取れそうだ

吉備高原

＊　踊る神々ほか　備中神楽に登場する神々

吉備高原の夕暮れ

むき出しになった真っ黒な歯茎
震えている
ギシギシ
ギシギシ
赤い血があふれだす
ドクドク
ドクドク
赤と黒は絡み合って
叫び合って
つかみ合って
大地が揺れる

やがて血が引き
滴りとなり
最後の一滴となり
黒く染まり

空に心臓を張り裂けさせ

そして眠りにつく
千万の星の下で
吉備高原よ

備中高梁の朝霧*

窓の外で急に
小鳥がさえずりはじめた
　朝の五時
白壁の家並みは深い暗さの底
格子戸からおいしそうな
朝ご飯のにおいがする
　六時
重い灰色の大気がよどんで
大川の音がにわかに

車でかき消される
　七時
道の行く手は途中で消えて
街角をにぎやかに
子供たちが学校に通う
　八時
傘がいるのか晴れるのか

　九時になっても
吉備高原へ続く谷では
往来で光をともす

　十時になっても
山々の頂の森は

白くもやっている
　昼前十一時
空は真っ青
かんかん照り
臥牛山で備中松山城がゆがむ

＊　朝霧　備中高梁の朝霧は晩秋によく発生する

頼久寺庭園

「立ち入り禁止」はなぜ
手をつないで空を舞い
楽々と池に入り込んで
小舟になって波と遊ぶ

赤　黄　茶の落ち葉

フリークライミング

垂直の石灰岩の岩壁
凹みに手をかけ
足を踏ん張り
空に向かって一歩　また一歩

渓谷の赤いツタ

風呂敷包み

ばっさり広げた風呂敷包み
黒紫色のブドウ　稲穂
キノコと栗もどっさり
もう包み切れない

錦絵の吉備高原

高梁は久しぶりの大雪

どっかりと雪を
かぶった車
ガラガラと
タイヤチェーンの音
光まぶしい吉備高原から
にぎやかに
降りてくる
ライトの二つの目
げらげらと笑っている

あちこちに雪だるま

ニコニコ顔
家々ごとに
ザクリザクリ
雪かきの響き
学校は休み
格子戸の家並みを
赤や青や黄色の長靴が
ころげ回る

高梁は久しぶりの大雪

崖の上の古い家

大空がほんとうに近くて
手が届きそう
崖の上の古い家
はるか下に
成羽川*の歌を聞きながら
時を忘れて
風とおしゃべり

崩れた壁
傾いた柱
木や蔓が絡み

屋根の上にも草が伸び放題
さまざまな色の小鳥が
舞い降りてさえずる
キツネがねぐらにし
イノシシが辺りを掘り返す

豊かな実りに沸いた里の
その一角の古い家
深い緑にうもれ
遠い昔を夢見る

成羽川の歌を聞きながら

＊　成羽川　高梁川の支流で深い峡谷がある

崖の上の老い松

高原の端の崖の上に
一本の老い松
こぶのある太い根で
割れた岩を抱きかかえ
空を見上げ
谷に臨む
遥か下に
成羽川の黒い流れ

冬には泉が凍って崖を割り
根を砕き

春には至るところで落石
夏には落雷
秋には嵐が幾度も襲って
枝をへし折る

高原の崖の上で
耐えて
何十年も
何百年も

そこで生きるしかない
老い松よ

高梁川の川港

積めや積め　山盛りの荷を
舟が出るぞ

備中高梁の特産は
三つ目鍬にくぎ　和紙　漆
上等で大好評
それから吹屋の粗銅にベンガラ
こちらは文句なしに全国一
忘れちゃいけない吉備高原の
おいしい米にマツタケ
高値で売れて大もうけ

贈り物にも喜ばれる
高梁川の川港から
舟が出るぞ

目指すは河口の備中玉島港

そこから日本中へ
世界へ渡れ
舟出の時が近付いたぞ

積めや積め　たくさんの思い出
出会いの数々
友達との楽しい時間
助けられたことや泣いたこと

多くの経験と知識　忍耐も
子供たちよ
人生の良い時を過ごした
皆さんにお礼を言って
さよならのあいさつをして

備中高梁の川港から
舟が出るぞ

次の港が待っている

Ⅲ　中州の里

旭川が吉備高原を割って岡山平野に下った所、川の中州が生まれ故郷です。地下水が涸れることのない砂地の土地に、野菜が良く育ちます。

柿の木の梢で

柿の木の梢に風がとどまって
あくびをしている
四十年も吹いていていて
もう飽いたーと

僕が小さい子供のころ
山からドタドタと下りてきて
庭木の枝をへし折り
畑の麦をなぎ倒した
ビワの葉をカラカラ鳴らし
草笛を吹いた

そのうちどこかへ行って
姿を見かけなくなった
僕もあちこち行って
すっかり忘れていた

久し振りに実家の柿の木の下へ来てみると
冬枯れの梢の上でじっとしていた
時々気合いでも入れるように
残り実を揺らしている

もう吹くのに飽き飽きしているけど
行く所もない
しばらく
この辺りを回っていようか…

畑の井戸

スイカの蔓がどこまでも大地をはい
あちこちに大きな実
花が太陽のように燃えていた
井戸の口の石に手を掛けると
中は真っ暗
茂ったシダのずっと下に暗い水があり
小さな影がこっちを見上げていた

水はひんやりと
底から無限にわき返っていた
少年の僕は夢想した
井戸の底をどんどん潜って

物語に出てくる遠い世界へ
たどり着くことを
ふと目を凝らせば
水面に近い石積みの影に
大きなコイがじっとしていた

顔を上げると
ビワの林がからからからと鳴り
おやじがくわを担いで
遠くから「帰ろう」と呼んでいた

今は新興住宅の間の畑
井戸を見に行くと
底は泥で埋まり
水が少し溜まっていた

色を塗って

色を塗って色を塗って
　空は真っ青になりました

色を塗って色を塗って
　山が黄褐色になりました

色を塗って色を塗って
　川は暗緑色です

川の近くに白い家を建てました
　周りは緑の畑です

娘二人と息子と妻と
毎日絵の具を混ぜています
今日を何色に染めようかと

夏の昼下がり

菜園のキュウリの花に
強烈な日差し
ブーン　ブーン
何の音
ほかの音が絶えた中
探しても
何も見えない
羽音だけが
ブーン　ブーン
高まりながら打ち寄せる

目を閉じて耳を澄ませ
そろうり
そろり
足を運ぶ
飛び出した
したたる光のしずくから
小さな花アブ
真っ暗な記憶の底

花に止まったところをのぞきこむと
黒と金色の模様が
不思議な輝きを放って
褐色の複眼は驚くほどの新鮮さで
ぼくを見上げた

それはいつの夏だったんだろう
思いを巡らせ目を開ける
音はもう聞こえない
夏の昼下がり

夏草取り

ガンガンガン　激しい日差し
土はかさかさ　乾き切り
庭木も花も　弱っているのに
抜いても抜いても　なくならない
黄色い小さな　花を付け
あっちもこっちも　生えてくる
一度すっかり　なくしたら
葉の赤いのが　広がった

花を見ていたら　思い当たった
祖母に手ひかれた　幼い頃

村の家並みの　石垣の
割れ目にしっかり　咲いていた
種を弾くと　面白かった

昔々の　その昔
岡山城主の　宇喜多殿が
しぶとさほめて　家紋にした

時代はすっかり　移り変わり
庭にはびこる　雑草は
クローバーや　ヒメジョオン
やたらと目立つ　外来種の中
しぶとく残る　カタバミ

「あっぱれじゃ」

中州の里

照りつける夏の太陽
ドードードーと
発動機が響く
水神様の井戸の跡
大地から水が湧き上がり
畑の畝を崩し
白っぽい土を黒く変える
子供たちが裸足で駆ける

青ネギが青みを増す
キュウリの葉がピンと伸び

カボチャが丸々としてくる
飲むと冷たくおいしい

旭川の中州の里
まだ暑い夕方
ドードードーと
発動機が響く
隣の畑でも
その隣でも
昨日も
今日も
川上の山地の水を絞り集め
地下水は涸れることがない

耳を澄ますと水を汲む音に紛れ
コトコトと音がする
大地の中でひそひそ話す
声がする
「川上は大変な渇水じゃ」
「野菜は高値じゃ」
カボチャの黄色い花が目を合わせ
にんまりと大きく笑った

ドードードー

真夏の目覚まし時計

シャーシャー　シャーシャー
起きなさい
シャーシャー　シャーシャー
もう朝よ
太陽は昇ったばかりなのに
家という家の庭から
森という森から
鳴り響く
世界中が目覚まし時計

ニーニー

ジリジリ
ツクツクホーシ
キュウリが大きくなりすぎている
早く収穫しなさい
ネギには病気が出掛けている
予防を考えなさい
日差しが強くなる前に
畑を耕しなさい

もう汗びっしょり
くたびれた
昼ごはん

もっともっとハタラキナサイ
午後は野菜の荷造り

出荷に行きなさい
作物は水やりを欠かさずに
ジリジリ
ツクツクホーシ

のどが渇く
息苦しい
もう駄目だ

大地は燃え上がり
灰に包まれ
音も消え
いやいや消えてはいない
耳の奥で
シャーシャー　シャーシャー

気のせいだろうか
今日も一日お疲れ様でした

白い鳩の木

三月の
ある朝
白い鳩の群れが
牧石＊の谷の
大濱さんの庭の枯れ木に
舞い降りた

鳩は枝々に満ち
そよぐ風に
羽を一斉に広げ
旭川の瀬音に合わせて

朝と夕
歌声を高らかに響かせる

近所の家々が
窓を大きく開ける
子供たちが木の幹に集まる
遠くからも見に来る人がいる
鳩たちは枝に憩い
心地良さそう

ある日鳩が歌い始めると
近くの家の庭に
赤い鳥の群れがやってきた
次の日は別の庭に黄色い群れ
次の日は桃色の大群が

あちこちの庭に降りた

そして、大地が
しっとりと雨を含んだ翌日
白い鳩は
青い空に飛び立った
谷の森に
緑が一斉に噴き出した

＊　牧石　岡山市北部の地名

早春

五年前植えた梅が
白い壁を赤く染めた

土いじりしている僕の背中に
下の娘が笑顔で乗ってくる
畑の青ネギが伸び
うねに沿って息子と走っても
もうかなわない
台所で妻と上の娘の
声がする

大空で急に
ヒバリが鳴き出した

そよ風が手を振って

「こんにちは」
川辺の散歩の小犬に
そよ風が
アシの葉で手を振っている
うるさく吠えると
くるくると回って見せ
おじぎして
ひらりと飛んでいく
川の中州
今度は柳の木の小枝をつかんで
「ここまでおいで」

それからまた
おじぎをしている
川の向こう岸
ナデシコの花

白い雲が
笑って過ぎる

遠い村

遠い村　さよなら
渡し舟　牛の声
土の道に　草笛
夕暮れに　風呂焚《た》く煙

遠い村　さよなら
井戸の水　畑にあふれ
兄貴と流れ　追いかけたよ
ビワの葉が　風に鳴った

村の畑は　売りに出て

住宅ばかり　建ち並ぶ
親父も年で　隠居を決め
わが家の畑も　人に渡る

遠い村　さよなら
牛の声　草笛
耳元で　響くよ
いつまでも　なつかしく

あとがき

仕事の赴任先を振り返ってみると、岡山県や広島県東部で風景のいい街が多くありました。古い港町や城下町です。そんな中で、詩によるスケッチ作品を中心に詩集にしてみました。期間では一九九一年から二〇一九年の約三十年間です。

Ⅰ部「牛窓」は瀬戸内市牛窓町に住んでいた頃（一九九一〜九三年）、Ⅱ部「備中高梁」は高梁市に住んでいた頃（二〇〇一〜〇五年）の作品です。いずれも思い出深く、地域の方々にお世話になりました。この場をお借りして、心より感謝申し上げます。また、Ⅲ部「中州の里」は、岡山市北区の故郷のことを描いたもの。詩作の時期はさまざまです。

出版に当たっては、宇都宮知憲氏にイラストを描いていただきました。ありがとうございました。

二〇二一年八月

柏原康弘

著者略歴

柏原康弘（かしはら・やすひろ）

1991 年　詩集『青い凪』『まだ暗い夜明けの街』（土曜美術社）
2020 年　詩集『吉備の穴海』（土曜美術社出版販売）

同人誌「火片」同人
岡山県詩人協会会員
現住所　岡山市北区中原 404 － 4

詩集　詩《し》の故郷《ふるさと》吉備《きび》スケッチ帳《ちょう》

発行　二〇二一年十月十日

著者　柏原康弘
装丁　直井和夫
発行者　高木祐子
発行所　土曜美術社出版販売
〒162-0813　東京都新宿区東五軒町三―一〇
電話　〇三―五二二九―〇七三〇
FAX　〇三―五二二九―〇七三二
振替　〇〇一六〇―九―七五六九〇九
印刷・製本　モリモト印刷

ISBN978-4-8120-2654-0　C0092